Martha und ihre Uhr

Theodor Storm

copyright © 2023 Culturea éditions
Herausgeber: Culturea (34, Hérault)
Druck: BOD - In de Tarpen 42, Norderstedt (Deutschland)
Website: http://culturea.fr
Kontakt: infos@culturea.fr
ISBN:9791041939886
Veröffentlichungsdatum: FEBRUAR 2023
Layout und Design: https://reedsy.com/
Dieses Buch wurde mit der Schriftart Bauer Bodoni gesetzt.
Alle Rechte für alle Länder vorbehalten.
ER WIRT MIR GEBEN

Während der letzten Jahre meines Schulbesuchs wohnte ich in einem kleinen Bürgerhause der Stadt, worin aber von Vater, Mutter und vielen Geschwistern nur eine alternde unverheiratete Tochter zurückgeblieben war. Die Eltern und zwei Brüder waren gestorben, die Schwestern bis auf die jüngste, welche einen Arzt am selbigen Ort geheiratet hatte, ihren Männern in entfernte Gegenden gefolgt. So blieb denn Marthe allein in ihrem elterlichen Hause, worin sie sich durch das Vermieten des früheren Familienzimmers und mit Hülfe einer kleinen Rente spärlich durchs Leben brachte. Doch kümmerte es sie wenig, daß sie nur sonntags ihren Mittagstisch decken konnte; denn ihre Ansprüche an das äußere Leben waren fast keine; eine Folge der strengen und sparsamen Erziehung, welche der Vater sowohl aus Grundsatz als auch in Rücksicht seiner beschränkten bürgerlichen Verhältnisse allen seinen Kindern gege- ben hatte. Wenn aber Marthen in ihrer Jugend nur die gewöhnliche Schulbildung zuteil geworden war, so hatte das Nachdenken ihrer späteren einsamen Stunden, vereinigt mit einem behenden Verstande und dem sittlichen Ernst ihres Charakters, sie doch zu der Zeit, in welcher ich sie kennenlernte, auf eine für Frauen, namentlich des Bürgerstandes, ungewöhnlich hohe Bildungsstufe gehoben. Freilich sprach sie nicht immer grammatisch richtig, obgleich sie viel und mit Aufmerksamkeit las, am liebsten geschichtlichen oder poetischen Inhalts; aber sie wußte sich dafür meistens über das Gelesene ein richtiges Urteil zu bilden und, was so wenigen gelingt, selbständig das Gute vom Schlechten zu unterscheiden. Mörikes »Maler Nolten«, welcher damals erschien, machte großen Eindruck auf sie, so daß sie ihn immer wieder las; erst das Ganze, dann diese oder jene Partie, wie sie ihr eben zusagte. Die Gestalten des Dichters wurden für sie selbstbestimmende lebende Wesen, deren Handlungen nicht mehr an die Notwendigkeit des dichterischen Organismus gebunden waren; und sie konnte stundenlang darüber nachsinnen, auf welche Weise das hereinbrechende Verhängnis von so vielen geliebten Menschen dennoch hätte abgewandt werden können.

Die Langeweile drückte Marthen in ihrer Einsamkeit nicht, wohl aber zuweilen ein Gefühl der Zwecklosigkeit ihres Lebens nach außen hin; sie bedurfte jemandes, für den sie hätte arbeiten und sorgen können. Bei dem Mangel näher Befreundeter kam dieser löbliche Trieb ihren jeweiligen Mietern zugute, und auch ich habe

manche Freundlichkeit und Aufmerksamkeit von ihrer Hand erfahren. An Blumen hatte sie eine große Freude, und es schien mir ein Zeichen ihres anspruchslosen und resignierten Sinnes, daß sie unter ihnen die weißen und von diesen wieder die einfachen am liebsten hatte. Es war immer ihr erster Festtag im Jahre, wenn ihr die Kinder der Schwester aus deren Garten die ersten Schneeglöckchen und Märzblumen brachten; dann wurde ein kleines Porzellan- körbchen aus dem Schrank herabgenommen, und die Blumen zierten unter ihrer sorgsamen Pflege wochenlang die kleine Kammer.

Da Marthe seit dem Tode ihrer Eltern wenig Menschen um sich sah und namentlich die langen Winterabende fast immer allein zubrachte, so lieh die regsame und gestaltende Phantasie, welche ihr ganz besonders eigen war, den Dingen um sie her eine Art von Leben und Bewußtsein. Sie borgte Teilchen ihrer Seele aus an die alten Möbeln ihrer Kammer, und die alten Möbeln erhielten so die Fähigkeit, sich mit ihr zu unterhalten; meistens freilich war diese Unterhaltung eine stumme, aber sie war dafür desto inniger und ohne Mißverständnis. Ihr Spinnrad, ihr braungeschnitzter Lehnstuhl waren gar sonderbare Dinge, die oft die eigentümlichsten Grillen hatten, vorzüglich war dies aber der Fall mit einer altmodischen Stutzuhr, welche ihr verstorbener Vater vor über funfzig Jahren, auch damals schon als ein uraltes Stück, auf dem Trödelmarkt zu Amsterdam gekauft hatte. Das Ding sah freilich seltsam genug aus: zwei Meerweiber, aus Blech geschnitten und dann übermalt, lehnten zu jeder Seite ihr langhaariges Antlitz an das vergilbte Zifferblatt; die schuppigen Fischleiber, welche von einstiger Vergoldung zeugten, umschlossen dasselbe nach unten zu; die Weiser schienen dem Schwanze eines Skorpions nachgebildet zu sein. Vermutlich war das Räderwerk durch langen Gebrauch verschlissen; denn der Perpendikelschlag war hart und ungleich, und die Gewichte schossen zuweilen mehrere Zoll mit einem Mal hinunter.

Diese Uhr war die beredteste Gesellschaft ihrer Besitzerin; sie mischte sich aber auch in alle ihre Gedanken. Wenn Marthe in ein Hinbrüten über ihre Einsamkeit verfallen wollte, dann ging der Perpendikel tick, tack! tick, tack! immer härter, immer eindring- licher; er ließ ihr keine Ruh, er schlug immer mitten in ihre Gedanken hinein. Endlich mußte sie aufsehen; da schien die Sonne so warm in die Fensterscheiben, die Nelken auf dem Fensterbrett dufteten so süß; draußen schossen die Schwalben singend durch den Himmel. Sie mußte wieder fröhlich sein, die Welt um sie her war gar zu freundlich.

Die Uhr hatte aber auch wirklich ihren eigenen Kopf; sie war alt geworden und kehrte sich nicht mehr so gar viel an die neue Zeit; daher schlug sie oft sechs, wenn sie zwölf schlagen sollte, und ein andermal, um es wieder gutzumachen, wollte sie nicht aufhören zu schlagen, bis Marthe das Schlaglot von der Kette nahm. Das wunderlichste war, daß sie zuweilen gar nicht dazu kommen konnte; dann schnurrte und schnurrte es zwischen den Rädern, aber der Hammer wollte nicht ausholen; und das geschah meistens mitten in der Nacht. Marthe wurde jedesmal wach; und mochte es im klingendsten Winter und in der dunkelsten Nacht sein, sie stand auf und ruhte nicht, bis sie die alte Uhr aus ihren Nöten erlöst hatte. Dann ging sie wieder zu Bette und dachte sich allerlei, warum die Uhr sie wohl geweckt habe, und fragte sich, ob sie in ihrem Tagewerk auch etwas vergessen, ob sie es auch mit guten Gedanken beschlossen habe.

Nun war es Weihnachten. Den Christabend, da ein übermäßiger Schneefall mir den Weg zur Heimat versperrte, hatte ich in einer befreundeten, kinderreichen Familie zugebracht; der Tannenbaum hatte gebrannt, die Kinder waren jubelnd in die lang verschlossene Weihnachtsstube gestürzt; nachher hatten wir die unerläßlichen Karpfen gegessen und Bischof dazu getrunken; nichts von der herkömmlichen Feierlichkeit war versäumt worden. Am andern Morgen trat ich zu Marthe in die Kammer, um ihr den gebräuchlichen Glückwunsch zum Feste abzustatten. Sie saß mit untergestütztem Arm am Tische; ihre Arbeit schien längst geruht zu haben.

»Und wie haben Sie denn gestern Ihren Weihnachtabend zugebracht?« fragte ich.

Sie sah zu Boden und antwortete: »Zu Hause.«

»Zu Hause? Und nicht bei Ihren Schwesterkindern?«

»Ach«, sagte sie, »seit meine Mutter gestern vor zehn Jahren hier in diesem Bette starb, bin ich am Weihnachtabend nicht ausgegangen. Meine Schwester schickte gestern wohl zu mir, und als es dunkel wurde, dachte ich wohl daran, einmal hinzugehen; aber die alte Uhr war auch wieder so drollig; es war akkurat, als wenn sie immer sagte: Tu es nicht, tu es nicht! Was willst du da? Deine Weihnachtsfeier gehört ja nicht dahin!«

Und so blieb sie denn zu Haus in dem kleinen Zimmer, wo sie als Kind gespielt, wo sie später ihren Eltern die Augen zugedrückt hatte, und wo die alte Uhr pickte ganz wie dazumalen. Aber jetzt, nachdem sie ihren Willen bekommen und Marthe das schon hervorgezogene Festkleid wieder in den Schrank verschlossen hatte, pickte sie so leise, ganz leise und immer leiser, zuletzt unhörbar. Marthe durfte sich ungestört der Erinnerung aller Weihnachtabende ihres Lebens überlassen: Ihr Vater saß wieder in dem braungeschnitzten Lehn- stuhl; er trug das feine Sammetkäppchen und den schwarzen Sonntagsrock; auch blickten seine ernsten Augen heute so freund- lich; denn es war Weihnachtabend, Weihnachtabend vor ach, vor sehr, sehr vielen Jahren! Ein Weihnachtsbaum zwar brannte nicht auf dem Tisch das war ja nur für reiche Leute; aber statt dessen zwei hohe dicke Lichter; und davon wurde das kleine Zimmer so hell, daß die Kinder ordentlich die Hand vor die Augen halten mußten, als sie aus der dunklen Vordiele hineintreten durften. Dann gingen sie an den Tisch, aber nach der Weise des Hauses ohne Hast und laute Freudenäußerung, und betrachteten was ihnen das Christkind einbe- schert hatte. Das waren nun freilich keine teuern Spielsachen, auch nicht einmal wohlfeile; sondern lauter nützliche und notwendige Dinge, ein Kleid, ein Paar Schuhe, eine Rechentafel, ein Gesangbuch und dergleichen mehr; aber die Kinder waren gleichwohl glücklich mit ihrer Rechentafel und ihrem neuen Gesangbuch, und sie gingen eins ums andere dem Vater die Hand zu küssen, der währenddessen zufrieden lächelnd in seinem Lehnstuhl geblieben war. Die Mutter mit ihrem milden freundlichen Gesicht unter dem enganliegenden Scheiteltuch band ihnen die neue Schürze vor und malte ihnen Zahlen und Buchstaben zum Nachschreiben auf die neue Tafel. Doch sie hatte nicht gar lange Zeit, sie mußte in die Küche und Apfelkuchen backen; denn das war für die Kinder eine Hauptbe- scherung am Weihnachtabend; die mußten notwendig gebacken werden. Da schlug der Vater das neue Gesangbuch auf und stimmte mit seiner klaren Stimme an: »Frohlockt, lobsinget Gott«; die Kinder aber, die alle Melodien kannten, stimmten ein: »Der Heiland ist gekommen«; und so sangen sie den Gesang zu Ende, indem sie alle um des Vaters Lehnstuhl herumstanden. Nur in den Pausen hörte man in der Küche das Hantieren der Mutter und das Prasseln der Apfelkuchen.

Tick, tack! ging es wieder; tick, tack! immer härter und eindringlicher. Marthe fuhr empor; da war es fast dunkel um sie her, draußen auf dem Schnee nur lag trüber Mondschein. Außer dem Pendelschlag der Uhr war es totenstill im Hause. Keine Kinder sangen in der kleinen Stube, kein Feuer prasselte in der Küche. Sie war ja ganz allein zurückgeblieben; die andern waren alle, alle fort. Aber was wollte die alte Uhr denn wieder? Ja, da warnte es auf elf und ein anderer Weihnachtabend tauchte in Marthens Erinnerung auf, ach! ein ganz anderer; viele, viele Jahre später! Der Vater und die Brüder waren tot, die Schwestern verheiratet; die Mutter, welche nun mit Marthen allein geblieben war, hatte schon längst des Vaters Platz im braunen Lehnstuhl eingenommen und ihrer Tochter die kleinen Wirtschaftssorgen übertragen; denn sie kränkelte seit des Vaters Tode, ihr mildes Antlitz wurde immer blässer, und ihre freundlichen Augen blickten immer matter; endlich mußte sie auch den Tag über im Bette bleiben. Das war schon über drei Wochen, und nun war es Weihnachtabend. Marthe saß an ihrem Bett und horchte auf den Atem der Schlummernden; es war totenstill in der Kammer, nur die Uhr pickte. Da warnte es auf elf, die Mutter schlug die Augen auf und verlangte zu trinken. »Marthe«, sagte sie, »wenn es erst Frühling wird und ich wieder zu Kräften gekommen bin, dann wollen wir deine Schwester Hanne besuchen; ich habe ihre Kinder eben im Traume gesehen du hast hier gar zu wenig Vergnügen.« Die Mutter hatte ganz vergessen, daß Schwester Hannes Kinder im Spätherbst gestorben waren; Marthe erinnerte sie auch nicht daran, sie nickte schweigend mit dem Kopf und faßte ihre abgefallenen Hände. Die Uhr schlug elf.

Auch jetzt schlug sie elf aber leise, wie aus weiter, weiter Ferne.

Da hörte Marthe einen tiefen Atemzug; sie dachte, die Mutter wolle wieder schlafen. So blieb sie sitzen, lautlos, regungslos, die Hand der Mutter noch immer in der ihren; am Ende verfiel sie in einen schlummerähnlichen Zustand. Es mochte so eine Stunde vergangen sein; da schlug die Uhr zwölf! Das Licht war ausgebrannt, der Mond schien hell ins Fenster; aus den Kissen sah das bleiche Gesicht

der Mutter. Marthe hielt eine kalte Hand in der ihrigen. Sie ließ diese kalte Hand nicht los, sie saß die ganze Nacht bei der toten Mutter.

So saß sie jetzt bei ihren Erinnerungen in derselben Kammer, und die alte Uhr pickte bald laut, bald leise; sie wußte von allem, sie hatte alles mit erlebt, sie erinnerte Marthe an alles, an ihre Leiden, an ihre kleinen Freuden.

Ob es noch so gesellig in Marthens einsamer Kammer ist? Ich weiß es nicht; es sind viele Jahre her, seit ich in ihrem Hause wohnte, und jene kleine Stadt liegt weit von meiner Heimat. Was Menschen, die das Leben lieben, nicht auszusprechen wagen, pflegte sie laut und ohne Scheu zu äußern: »Ich bin niemals krank gewesen; ich werde gewiß sehr alt werden.«

Ist ihr Glaube ein richtiger gewesen und sollten diese Blätter den Weg in ihre Kammer finden, so möge sie sich beim Lesen auch meiner erinnern. Die alte Uhr wird helfen; sie weiß ja von allem Bescheid.